LE PETIT DINOSAURE™
COLLECTION

Voyage au pays des brumes

Il y a des millions et des millions d'années,
avant que n'existent des pays, des villes ou des états,
avant que n'existent les chevaux, les ours ou les éléphants,
avant que le premier humain n'ait posé le pied sur la Terre,
le monde était peuplé de créatures étranges et merveilleuses.
Les plus grandes de ces créatures s'appelaient les dinosaures.

Le royaume des dinosaures ne cessait d'évoluer : le temps, les plantes et les animaux se transformaient. Cependant, malgré les changements qui se produisaient dans le monde, la vie dans la grande vallée restait la même.

Un matin, Petit-Pied s'amusait à poursuivre une libellule. Il se retrouva au bord d'une falaise. En contrebas, un troupeau de dinosaures avançait.

– Regardez ! dit Petit-Pied à ses amis.

– Ce sont des Longs-Cous comme toi, constata Beckie.

– Oui, répondit Petit-Pied. Je me demande où ils étaient avant.

Petit-Pied courut annoncer à ses grands-parents qu'un troupeau de Longs-Cous arrivait dans la grande vallée.

– Ce sont nos cousins nomades, expliqua Grand-Père.

– Ça veut dire quoi, nomade ? s'enquit Petit-Pied.

– Les nomades voyagent et vivent dans différents endroits, reprit Grand-Père. Allons leur souhaiter la bienvenue !

En chemin, Grand-Père fut pris d'un malaise et tomba.
– Tu ne te sens pas bien ? s'inquiéta Grand-Mère.
– C'est étrange, tout à coup, je me suis senti à bout de forces. Mais cela va beaucoup mieux, la rassura Grand-Père.

Grand-Mère s'inclina devant la dame Long-Cou qui guidait le troupeau nomade.

– Bienvenue dans notre vallée, Vénérable ! Toi et ton troupeau, allez-vous vivre avec nous ?

– On ne s'installe jamais pour très longtemps.
Avant, notre pays était pareil à votre vallée, mais il est devenu le pays des brumes. Un peu partout, le climat change. Rejoignez-nous lorsque nous repartirons...

Dis, Grand-Père, demanda Petit-Pied, on va devenir nomades nous aussi ?

– Bien sûr que non, la grande vallée, c'est notre maison.

Beckie poussa un soupir de soulagement.

– Tu me manquerais très beaucoup, dit Petrie.

Pointu acquiesça.

Cera fit la coquette :

– Si tu veux savoir ce que j'en pense, Petit-Pied, il faut que tu m'attrapes d'abord...

Petit-Pied aperçut une paire d'yeux dans un buisson. Apparut alors une demoiselle Long-Cou.
– Je suis Ali. Et toi, t'es qui ?
– Je suis Petit-Pied.
– Jouons à cache-cache, Petit-Pied. Tu colles !
Cera, Beckie, Petrie et Pointu rejoignirent Petit-Pied et Ali pour jouer. Mais Ali prit peur et s'enfuit.
– C'est une pimbêche, conclut Cera. Jouons sans elle !

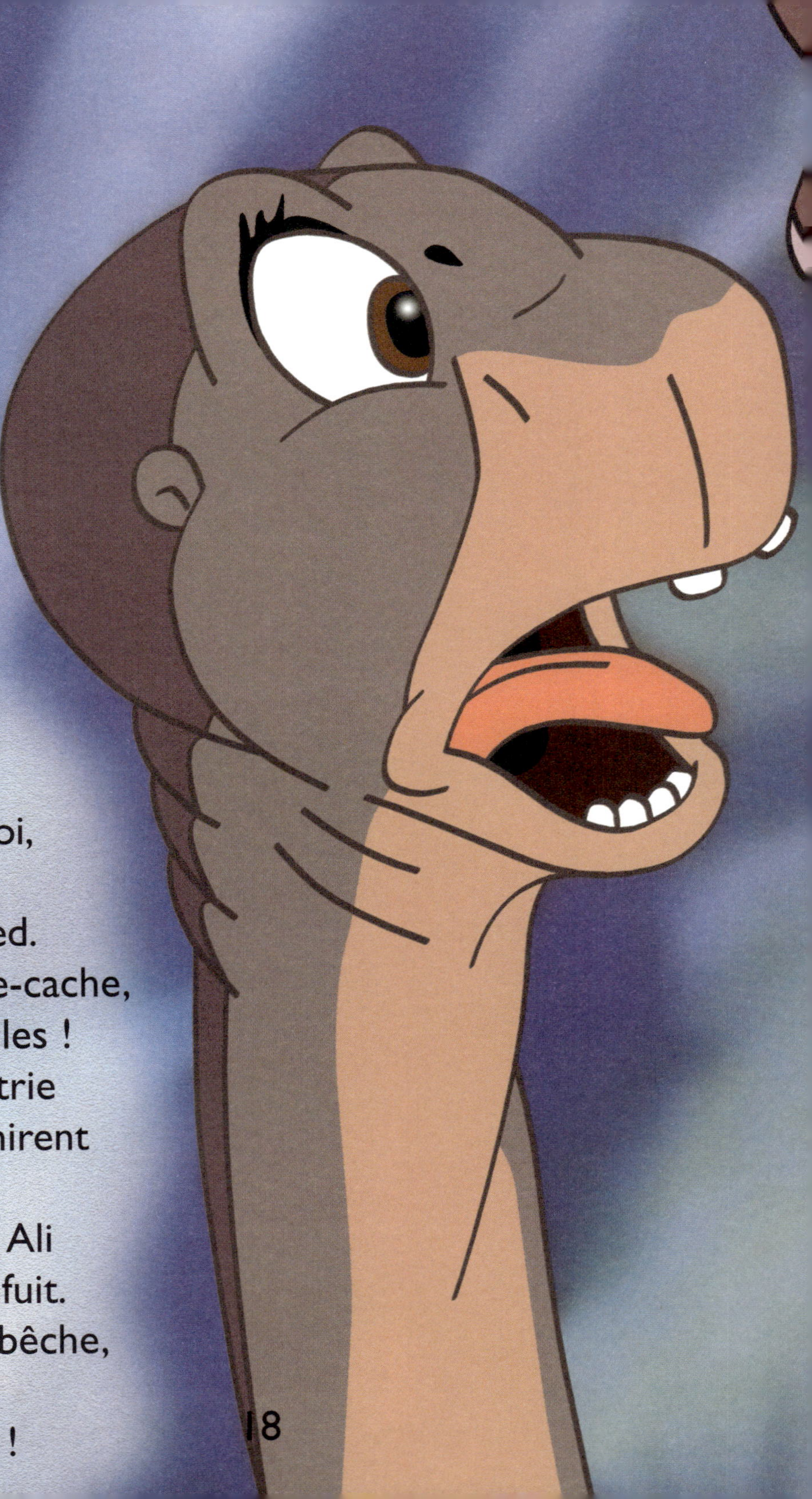

Alors que Petit-Pied suivait ses amis, une voix s'éleva dans les bruyères.

– Psstt, Petit-Pied, je suis ici, chuchota Ali.

Elle se mit alors à faire toutes sortes de grimaces, ce qui fit rire Petit-Pied aux éclats.

– On est amis, j'espère, demanda Ali.

– Bien-sûr qu'on est amis, répondit Petit-Pied.

Oh là là, j'ai laissé tomber mes amis... Rentrons, il est tard !

Dans la vallée se tenait une réunion de Longs-Cous. Grand-Père était très malade...

– Aucun dinosaure ne se remet de cette maladie, intervint Vénérable. Sauf ceux qui mangent à temps les pétales d'or de la fleur de la nuit. Elle pousse dans le pays des brumes.

– Cousins, conduisez-moi là-bas ! supplia Grand-Mère. Mais tous refusèrent, c'était trop dangereux.

Petit-Pied se mit à pleurer.

– Il faut savoir accepter ce que le grand cercle de la vie nous donne, le consola Grand-Mère.

Petit-Pied n'arrivait pas à dormir. Il décida d'aller cueillir la fleur de la nuit. Il réveilla Ali afin qu'elle lui dise où trouver cette fleur magique.

– Le pays des brumes est plein de monstres horribles, le dissuada Ali. C'est très dangereux.

– Mais je ne serai pas seul. Je vais dire à Cera, Beckie, Petrie et Pointu de venir avec moi.

– Je connais le chemin, pas les autres. Allons-y sans eux !

Le lendemain matin, ses amis cherchaient Petit-Pied.

– C'est bizarre, je ne l'ai trouvé nulle part, annonça Beckie.

– J'ai trouvé nulle part aussi, déplora Petrie.

– Il doit jouer avec cette imbécile d'Ali, fulmina Cera.

On entendit soudain la voix de Grand-Mère appeler Petit-Pied.

– Oh, il se passe quelque chose, pressentit Beckie, oui oui, oui.

Pendant ce temps, Petit-Pied et Ali avancent dans un paysage désertique.

Un arc-en-ciel se dessine au loin.

– Oh, ce que c'est beau ! s'exclama Petit-Pied.

– Petit-Pied, se réjouit Ali, je me rappelle de cette cascade. On a pris la bonne direction. Viens, il faut qu'on traverse la caverne ! Mais contournons les eaux profondes !

Un tremblement de terre agita soudain les parois de la caverne et provoqua un éboulement. Ali se retourna, Petit-Pied avait disparu.

– Ça va Petit-Pied, tu n'as rien ?

Ali essaya de soulever les pierres, mais c'était beaucoup trop difficile. Elle eut alors une idée et s'enfuit en criant :

– Je vais revenir, Petit-Pied, t'en fais pas !

Dans la grande vallée, Grand-Mère expliquait aux amis de Petit-Pied que Grand-Père était très malade et que Petit-Pied devait être à la recherche de la fleur de la nuit avec Ali.

– Soyez tranquille, on va aller les chercher ! assura Beckie.

– Je vous le défends, gronda Grand-Mère. Vous devez tous me promettre de rester dans la grande vallée.

Tous promirent... en croisant les pattes.

Alors que Cera ronchonnait contre cette machine-truc-chouette d'Ali, une voix les interpela.

– Cera, Pointu, Petrie, Beckie, je suis contente de vous trouver !

– Ali, toi reviens ? s'étonna Petrie.

– Où est Petit-Pied ? interrogea Cera.

– On a eu un terrible tremblement de terre, la caverne s'est effondrée. Il faut que vous veniez !

Tous la suivirent, sauf Cera qui resta bouder dans son coin.

De son côté, Petit-Pied était coincé dans la caverne, derrière un mur de pierres. Il appela Ali mais personne ne répondit. Il avança alors et se retrouva nez à nez avec un monsieur tortue.

– Salut, moi c'est Archie ! Et toi, t'es qui ?

– Petit-Pied !

– Alors Petit-Pied, que fais-tu ici tout seul ? demanda Archie.

– Je ne suis pas tout seul, je suis venu avec mon amie Ali. Enfin, s'il ne lui est rien arrivé...

Ali est de l'autre côté de ces rochers, ajouta Petit-Pied.
– Oh, et tu as vu l'éboulement ? Tu as eu de la chance. J'espère que ton amie en a eu autant.
– Archie, tu viens m'aider à dégager les rochers ?
– Je vais essayer, dit Archie. Quand on veut, on est costaud... ou on se fait un lumbago !

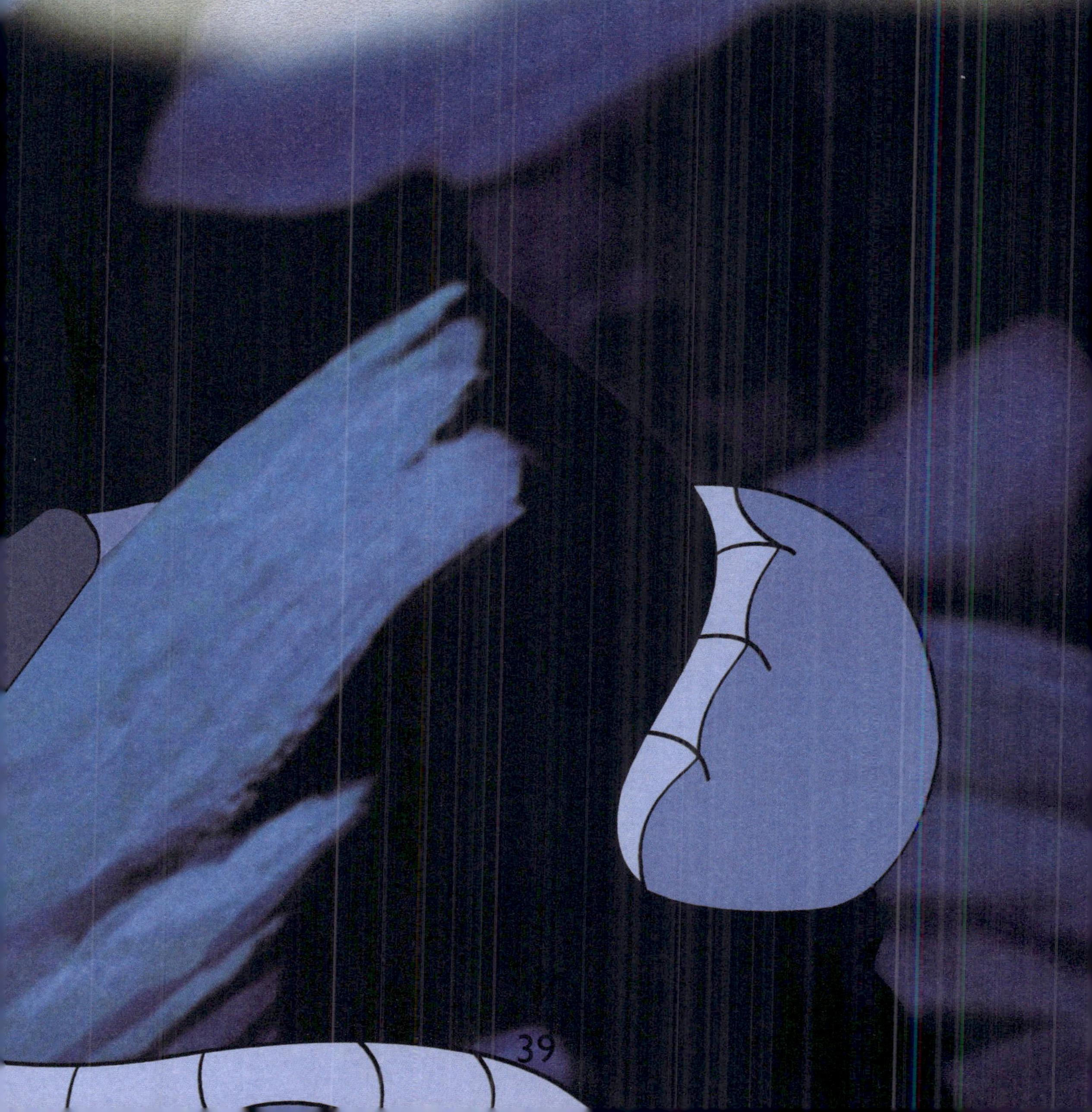

Un peu plus loin dans la caverne, un oiseau virevoltait autour d'un crocodile.

– Tu sais que je n'y vois pas grand-chose, se plaignit le crocodile, alors pourquoi tu arrives près de moi en douce, Rikiki ?

– C'est une arrivée tactique.

– Je meurs de faim, soupira Dile.

– Justement, reprit Rikiki, je viens de voir un bébé Long-Cou. Notre dîner sera bientôt servi.

Petit-Pied entendit ses amis parler de l'autre côté des rochers. Il allait se réjouir quand un bruit retentit dans la caverne : Dile et Rikiki fonçaient droit sur leur casse-croûte.

Archie avisa une brèche dans une paroi de la caverne :

– Entre ici, Petit-Pied !

– Et toi, Archie, où vas-tu ?

Archie se cacha sous sa carapace et s'enfonça dans une flaque. Mais Dile fonça contre la paroi et fit de nouveau tomber des rochers.

De l'autre côté des rochers, Petrie se lamentait :

– Quoi on fait ? Il a de gros ennuis, Petit-Pied.

Cera déboula en trombe.

– Vous voulez sauver Petit-Pied, oui ou non ?

– Oui, s'écrièrent tous les amis en chœur.

Cera se mit alors à charger et dégagea les rochers.

– Cera, je peux t'aider ? proposa Ali.

– Mais bien sûr... écarte-toi de mon chemin !

Dile continuait à donner des coups de queue contre la paroi pour attraper Petit-Pied.
Archie s'interposa alors.
– Arrière, Ventre-qui-Traîne ! Lui, c'est un en-cas, moi je suis un plat complet.
– Je te classerais plutôt dans les hors-d'œuvre, se moqua Rikiki. Attendris-le Dile !
Dile donna un violent coup de queue qui expédia Petit-Pied et Archie au loin.

Au même moment, Cera chargea dans les éboulis et fit tomber les rochers sur Dile et Rikiki.
– Tu n'as rien Petit-Pied ? s'inquiéta Cera.
– Non, tout va bien, mais comment vous saviez où j'étais ?
– C'est Ali qui est venue nous chercher, expliqua Beckie.
– Faut qu'on file avant que ce braillard de Ventre-qui-Traîne et son copain Bec-Tranchant ne se réveillent ! intervint Archie.

Petit-Pied raconta à ses amis toute l'histoire et les remercia d'être venus à la rescousse.
– Tu veux dire que je suis venue à la rescousse, rectifia Cera. Tu aurais dû demander à tes vrais amis de trouver la fleur de la nuit.
– Cette fleur vous intéresse ? demanda Archie.
– Il me la faut pour que mon grand-père guérisse, dit Petit-Pied.
Archie connaissait un raccourci et fit sortir les petits dinosaures de la caverne, en leur faisant promettre de rester ensemble.

Les amis se mirent en route dans la vallée des brumes.

– Ne nous séparons pas, recommanda Ali.
Si on s'égare dans la brume, il n'y a aucune chance qu'on s'en sorte.

Mais la brume se leva et Cera avait disparu.

– On va te retrouver, Cera, ne crains rien ! cria Petit-Pied.

– D'accord, mais viens vite ! hurla Cera.

Petit-Pied eut juste le temps de l'apercevoir. Un troupeau de vélociraptors fonçait sur elle.

Une pluie diluvienne vint obscurcir le paysage. Les amis se réfugièrent sous un arbre.

– Ça ne me plaît pas ici, gémit Beckie, oh non, non, non !

– C'est quoi ce bruit ? s'inquiéta Petit-Pied.

– Ce sont mes dents qui claquent, s'excusa Pétrie, ou mes genoux.

Des rats tombèrent de l'arbre. Pointu en suivit un.

– Pas le moment manger, gronda Petrie.

Le soleil revint éclairer la vallée des brumes.
Pointu retrouva le rat qui se cachait sous une fleur.
Le rat éternua et sourit à Pointu.

– Il est trop joli et il est doux, s'exclama Beckie. Ça me chatouille quand je le tiens. Je vais l'appeler Chatouillis !

Petrie suivit Chatouillis en haut de l'arbre et vit Cera. Tombée à l'eau, elle était emportée par le courant.

– Tiens le coup, Cera ! On va venir te récupérer, lui cria Petit-Pied.

Cera attrapa la liane que lui lança Beckie mais Rikiki arriva et la trancha.

– Je suis désolé, ricana Rikiki, c'est l'heure du dîner.

Alors que Cera s'agrippait à une pierre pour éviter le courant, Dile et Rikiki furent frappés par des projectiles.

– Mais ce sont ces satanées friandises à pattes qui nous visent ! s'énerva Rikiki.

– Occupez-vous d'eux, dit Ali, moi je vais sauver Cera !

En courant, Ali tomba et s'assomma contre un arbre.

Une voix la sortit de sa torpeur.

– Ali, attention ! hurla Cera.

Ali vit Rikiki foncer sur elle. Elle baissa la tête et Rikiki ficha son bec dans le tronc.

– Saperlipopette, je suis coincé ! se lamenta Rikiki.

Ali sauta sur Dile et récupéra Cera. Elles laissèrent Dile et Rikiki se disputer.

– Hé, les gars ! Vous n'avez plus de souci à vous faire, plaisanta Cera, Ali et moi on est copines maintenant !

Ali expliqua à ses nouveaux amis pourquoi elle était effrayée au début.

– Vous savez, mon troupeau se déplace tout le temps, alors je ne connais personne à part des Longs-Cous. Mais j'ai compris. C'est super d'avoir des amis de toutes sortes, de toutes formes et de toutes tailles aussi. Il faut de tout pour faire un monde qui en vaille la peine et où il n'y ait pas de haine.

De son côté, Dile délivra Rikiki.
Ils partirent à la recherche d'un repas.

– J'en ai marre de courir après ces gamins, grommela Dile. Si on allait faire dormir les yeux ?

– T'as raison, Dile, approuva Rikiki. Toi tu continues, moi je pique un petit roupillon.

– Mais tu sais bien que j'y vois rien !

– Avance ! On finira bien par tomber sur quelque chose.

Petit-Pied et ses amis marchaient toujours à la recherche de la fleur de la nuit. Épuisés, ils s'arrêtèrent pour se reposer. La lune vint éclairer le marais et des fleurs éclorent, illuminant la nuit comme des milliers de lucioles. Tous dormaient, sauf Pointu. Enchanté par ce spectacle, il réveilla Beckie.

– Comme cette fleur d'or est belle, s'émerveilla Beckie. Oh, j'ai dit fleur d'or ? C'est la fleur de la nuit ! Réveillez-vous tous ! On cherchait les fleurs de la nuit et ce sont elles qui nous ont trouvés !

Nos amis cueillirent les fleurs et se mirent en route aussitôt. Malheureusement, ils croisèrent une fois de plus Dile et Rikiki.

– Cette fois-ci, vous n'irez nulle part si ce n'est dans notre estomac, menaça Rikiki. Ils partirent se réfugier derrière une pierre mais Rikiki attrapa Petrie.

– Ce hors-d'œuvre maigrichon suffit juste pour moi, constata Rikiki.

– Tu n'es qu'un égoïste, lui reprocha Dile.

Chatouillis profita de la dispute. Il mit la queue de Dile dans le bec de Rikiki, emmena Petrie et tous s'enfuirent.

Dans sa course, Pointu fit tomber une fleur de la nuit. Beckie courut la ramasser et se fit prendre par Rikiki. Petrie vola dans les plumes du Bec-Tranchant et Beckie tomba à l'eau. Dile était sur le point de la croquer quand ses amis la mirent en garde.

– Beckie, attention !

Pointu eut du mal à articuler mais il parvint à parler : Beckie !

Dile et Rikiki se brouillèrent définitivement.

– Tu ne m'as même pas vu, dit Rikiki furieux, tu as failli m'avaler. Tu n'arrives même plus à voir le bout de ton nez, alors tu ne vaux plus rien.

– Sans moi, tu serais mort de faim, rétorqua Dile. Mais je me débrouillerai sans toi. Salut !

Il donna un grand coup de queue à Rikiki et partit. Il se cogna sur une forme opaque : un vélociraptor !

Beckie avait enfin rejoint ses amis.
– Est-ce que ça va, Beckie ? s'enquit Petit-Pied.
– Je crois que oui, balbutia Beckie. Mais j'ai eu l'impression d'entendre Pointu parler.
– Ouais, ouais, confirma Pointu.
– Tu es sûr que tu ne viens pas avec nous, Chatouillis ? demanda Petit-Pied. Chatouillis fit un petit signe de la tête et salua ses amis.
– La Terre change, assura Ali. Peut-être qu'un jour on vivra tous ensemble.

Au petit matin, nos amis atteignirent la grande vallée. Petit-Pied donna des fleurs de la nuit à Grand-Père qui était très faible.

– Comment te sens-tu, mon chéri ? demanda Grand-Mère.

– Beaucoup mieux, merci. Les fleurs de la nuit de Petit-Pied sont très efficaces.

– Alors on ne sera pas obligés de quitter la grande vallée, conclut Petit-Pied.

– Non, en effet, le rassura Grand-Père.

Le lendemain, les Longs-Cous nomades quittèrent la grande vallée.
Ali dit au revoir à chacun de ses amis avec beaucoup d'émotion.

– Pointu sait parler maintenant, il va te dire au revoir lui-même. Allez ! Vas-y Pointu ! encouragea Beckie.

Mais Pointu se contenta de manger en silence.

– Oui, oui, oui, dit Beckie, Pointu sait causer mais juste quand il veut.

Les Longs-Cous nomades furent bientôt hors de vue. Petit-Pied se souvint de tous les bons moments partagés avec son amie Ali. Il repensa à la phrase qu'elle avait prononcée : « Peut-être qu'un jour, on vivra tous ensemble », et se sentit étrangement rassuré.

Et c'est ainsi que les dinosaures nomades quittèrent la grande vallée pour des terres inconnues. Petit-Pied, Cera, Beckie, Petrie et Pointu retrouveront Ali un jour. Mais ça, c'est une autre histoire.

Pour l'édition française

Directeur de l'édition : Bertrand-Pierre Echaudemaison

ISBN : 209 263 209 4
N° de projet : 10049009 - (I) - 15 - OSBN - 150° - Janvier 1999
Conforme à la loi n° 49.956 du 16 juillet 1949
sur les publications destinées à la jeunesse.
Imprimé et relié en France par Pollina s.a., 85400 Luçon - n° 76539A